诗苑译林

风吹来星星

安娜· 布兰迪亚娜诗选

ANA BLANDIANA

[罗] 安娜·布兰迪亚娜——著
高兴——译

湖南文艺出版社

这透明但并不简单的世界

——读安娜·布兰迪亚娜

高　兴

罗马尼亚当代文学出现了这样一种颇为耐人寻味的现象：由于种种历史和政治原因，小说和戏剧在相当一段时间内并未得到应有的发展。相对而言，诗歌却一直如暗流般悄然奔突，甚至还在上个世纪六七十年代形成了被罗马尼亚评论界称为“抒情诗爆炸”的奇特局面，造就了一大批独具艺术个性的诗人：尼基塔·斯特内斯库、马林·索雷斯库、斯特凡·奥古斯丁·杜伊纳西、埃米尔·布鲁马鲁、丹·劳乌论佐等等。女诗人安娜·布兰迪亚娜也跻身其中。

安娜·布兰迪亚娜（Ana Blandiana），原名奥笛丽娅·瓦莱利亚·科曼，1942 年 3 月 25 日出生于罗马尼亚西部名城蒂米什瓦拉一个牧师家庭。在奥拉迪亚市上完小学和中学。1963 年至 1967 年，就读于克卢日大学语言文学系。大学毕业后，移居首都布加勒斯特。先后在《大学生生活》《阶梯教室》等杂志任编辑，还在布加勒斯特美术学院图书馆当过图书管理员。1973 年至 1974 年，应邀在美国艾奥瓦大学参加国际写作项目。

1977 年 3 月 4 日，布加勒斯特发生大地震。不少居民，其中包括好几位著名作家，在这场灾难中失去了生命。布兰迪亚娜所住的公寓楼也在地震中坍塌。从此，女诗人更多的时间在多瑙河畔的一个村子里生活、写作。1989 年年底，罗马尼亚发生剧变后，布兰迪亚娜曾以极大的热情投入政治生活中，担任过政治团体“国民联盟”的主席。后终因对政治产生厌恶情绪而逐步远离政坛，重新回归写作，回归诗歌。

读小学时，布兰迪亚娜在作文老师塔玛娜·斯达马迪乌女士的影响下，对诗歌产生兴趣。中学时期，开始广泛阅读，尝试写诗，并参加各种各样的文学活动。当时的一些少儿杂志上已能看到她最初的诗行。1959 年，首次以安娜·布兰迪亚娜这一名字在《论坛》杂志上发表诗作《新颖》，正式登上文坛。那一年，她只有十七岁，中学还未毕业。1964 年，大学二年级时，出版第一本诗集《复数第一人称》。1966 年，她带着油墨未干的第二本诗集《脆弱的足跟》参加了芬兰拉赫荻国际诗歌节。之后，又写出《第三种秘密》（1969）、《十月、十一月、十二月》（1972）、《诗选》（1974）、《睡眠中的睡眠》（1977）、《蟋蟀的眼睛》（1981）、《掠夺的星》（1985）、《波浪建筑》（1990）、《后来的太阳》（2001）、《意义的退潮》（2004）、《A4 我的祖国》（2010）、《没有时间的钟表》（2016）等十几部诗集以及《目击者》（1970）、《我写，你写，他和她写》（1976）、《四季》（1977）、《过去的方案》

（1982）、《镜子走廊》（1984）、《音节城市》（1987）等小说和散文集。她的作品不仅在罗马尼亚拥有广大的读者，而且还被介绍到了中国、英国、美国、意大利、俄罗斯、西班牙、法国、比利时、德国、荷兰、芬兰、保加利亚、匈牙利、波兰、古巴、巴西、希腊、日本、以色列等几十个国家。诗歌为她赢得的奖项和荣誉更是数不胜数。

布兰迪亚娜的早期诗歌充满了纯真、惊奇和欣喜。一个十几岁的少女的心灵世界似乎也应该是这样的。在《雨的魔力》中，一个少女在雨中浪漫而又自负地宣布：

我是最美的女人，因为雨在飘落，
雨的流苏装点着我的秀发，使我分外动人，
我是最美的女人，因为风正吹来，
我的裙子拼命地试图遮住我的双膝，
我是最美的女人，因为你，
去了远方，而我正在等你，
你也知道我在等你，
我是最美的女人，我懂得等待
并且正在等待。
……

罗马尼亚德高望重的老诗人杰奥·博格扎读到布兰迪亚

娜的第一本诗集时，看到了布兰迪亚娜的诗歌潜能，并将她的名字同诗坛的代表人物斯特内斯库和阿尔盖济的名字并列在一起。女诗人诗行中流溢出的清新和自然深为博格扎喜爱。但更多的评论家和诗人却认为她的诗过于天真、过于理想化了，因而并未给予充分的重视。

当她的第二部诗集和第三部诗集问世时，评论界却不得不对她刮目相看了。人们清楚地注意到，她的诗歌的基本形式和语调依然，清澈、透明和自由自在也依然，只是视角、姿态和语调已有所变化，于是，纯真中多了些叹息，细腻中添了些启迪。她笔下的世界已不复是洁白无瑕的平面世界，而是错综复杂的立体世界。在这一世界里，善与恶有时难以界定，美与丑有时相互混淆，爱与恨有时竟成一体。倘若说一开始，她是在赞美人生，那么，很快她就调整了自己的姿态，开始品味人生、思索人生、探讨人生，并重新打量这透明但并不简单的世界了。

总有一天，
我会需要叶，
我会用草医治自己，
总有一天，在我衰老的时候，
我会用鸟的歌曲当我的假牙，
我会在失眠的夜晚，
想起月亮那片药。

静一静吧，总有一天，
离开所有这些，我便难以生活，
总有一天，我会不得不承认
整个宇宙的重要。
总有一天，总有一天，
可现在，看在上帝的分上，
请你们让我，
让我独自待着。

——《总有一天》

原先的拥抱者和融入者同宇宙拉开了一定的距离，便有了观察和思索的空间。尽管这种思索和观察时常意味着疑惑、悲哀，甚至伤口，但却能帮助诗人贴近人生和世界的本质。

随着时间的推移，布兰迪亚娜的诗歌的深度和力度都在明显增强。她选择的都是些永恒的主题，比如爱情、纯洁、堕落、生与死、人生与自然、时间的流逝、孤独等等。这都是些十分古老的主题了，因而更需要诗人具备非凡的艺术敏感以及独特的思想角度。布兰迪亚娜认为，能够用最简单的意象来表达最细致的情感、最深刻的思想的诗人才是大诗人。她也一直朝这一方向努力。在她的诗歌中，我们看到的都是些最为普通的词汇：眼睛，树林，梦，睡眠，湖泊，山丘，雪，天空，光，等等。但在她的艺术组合下，这些文字立即产生了一种神奇的魅力，一种诗歌和思想的魅力。

“我开始梦想着写出简朴的、椭圆形的诗，这些诗应该具有儿童画作那样的魅力。在这些画作面前，你永远无法确定图像是否恰恰就等于本质。”女诗人这么说。

一切尚未完成。
或者这只是我的感觉？
那片叶子难道不该
继续生长吗？
那只蝴蝶翅膀上的
图案难道不该
以某种方式再添几笔吗？
我掌上的线条
不分明是幅刚刚
开头的图画的草稿？
一切尚未完成，
一切都在激动地
期待着圆满。
而在另一端
耀眼的光芒中，
这一点根本看不出来。

——《另一端》

谁又能说这样的“儿童画作似的”诗没有其特殊的魅力呢？拙朴的魅力。天真的魅力。拙朴和天真所追逐的思想的魅力。在拙朴和天真中揭示世界和人性幽微之处的魅力。

诗人可以分为截然不同的两种类型：一类视自己的天赋为神奇的本领，另一类则视天赋为命定的痛苦。第一类诗人只需轻松自如地任凭语言流淌，而第二类诗人却始终需要同语言顽强搏斗。布兰迪亚娜实际上属于第二种类型。她清醒地意识到了语言的苍白无力。她始终担心自己无法通过文字确切地传达出事物的本质。这可能正是她在诗歌中一遍又一遍发问的缘由。对于她来说，人世太深奥微妙了，深奥微妙得只能意会，难以言传。必须奉献牺牲，才能达到一种境界。

让词语坠落吧，
只是要像果实，只是要似叶子，
只是要带着成熟的死亡。
让词语坠落吧，
在它们快要腐烂的时刻，
肉身上仅仅剩下
神圣的骨头。
打开的空核，
恰如灰云中的月亮，

兴许会偷偷溜向地球——

——《让词语坠落吧》

正是词语中这“神圣的骨头”和“打开的空核”，让安娜·布兰迪亚娜的诗歌达到了一定的境界。目前，她已被罗马尼亚文学评论界公认为“二次世界大战以来罗马尼亚最具艺术价值的女诗人之一”。她也因此自然而然地成为罗马尼亚当代最具国际影响力的女诗人。

我们就来看看罗马尼亚诗人和评论家眼中的布兰迪亚娜吧。

罗马尼亚科学院院长、著名文学评论家欧金·西蒙认为：“布兰迪亚娜的诗歌既有力量，又有魅力，首先是思想的魅力。它在舞蹈，在寻找着那些悦耳、透明的物质，并用这些物质进行着一场卓越的精神游戏。”

而罗马尼亚诗人、评论家亚力山德鲁·菲列比德说得更为明白：“诗可以设谜，可以提问，但通常情形下，并不解谜，并不回答问题。神秘，惊喜，出乎预料，这些都有助于制造诗的战栗。正是基于这样的思路，安娜·布兰迪亚娜一般拒绝象征，任由事物在诗歌中自然地流动，有时会神秘地将它们隐藏起来，但绝不强迫它们说明什么，绝不人为地美化它们，完全靠美妙的思想将这些最最普通、最最自然的事物提升到诗歌的高度和深度。”

目录

* 诗选 *

* 睡眠中的睡眠 *

* 掠夺的星 *

＊复数第一人称＊

1964

雨的魔力

我爱雨，我狂热地爱雨，
疯狂的雨和宁静的雨，
处女般的细雨和女人似的暴雨，
新鲜的雨和无休无止的单调的雨。
我爱雨，我狂热地爱雨，
我喜欢在白色的高高的雨草中滚动，
喜欢摘几根雨线，衔着它们任意漫游，
好让见到我的男人神魂颠倒。
我明白说“我是最美的女人”会令人反感，
令人反感而且也不符合真实。
但请容许我在下雨的时刻，
仅仅在下雨的时刻
说出这句神奇的话语：“我是最美的女人！”
我是最美的女人，因为雨在飘落，
雨的流苏装点着我的秀发，使我分外动人。
我是最美的女人，因为风正吹来，
我的裙子拼命地试图遮住我的双膝。

我是最美的女人，因为你
去了远方，而我正在等你，
你也知道我在等你。
我是最美的女人，我懂得等待
并且正在等待。
空气中弥漫着蓬勃的爱的气息，
所有的行人都在追寻着雨，为了感受那种气息，
在这样的雨中你会闪电似的堕入爱河，
所有的行人都成了恋人，
而我正在等你。
唯有你知道——
我爱雨，
我狂热地爱雨，
疯狂的雨和宁静的雨，
处女般的细雨和女人似的暴雨——

收　获

天空从穗尖上开始，
仿佛每棵谷穗都头顶
一只大盆，装满滚烫的天空，
风，摇曳着谷穗的额头，
天空的葡萄酒又晃动着风。

天空从穗尖上开始，
收割机隆隆作响时，
谷穗会温柔地折断，倒下，
似乎只是弯下身来，小心翼翼地
将装满天空的盆放到地上。

年轻矿工之歌

亲爱的，今天我曾漂浮在浩渺蔚蓝的水面，
我身上的衬衣，你可以拧出滴滴水珠。
躺在水面上，我想起我们的心，
就在那时，你的叫声传来——你随时都能把我召回！
于是，我从蔚蓝的水中返回，
瞧，这一捧贝壳就是证明。

亲爱的，今天我曾游逛在茂密幽深的森林，
秘密的小径撕碎了我的衣衫。
走在树林里，我想起我们那纯洁的眼睛，
就在那时，你的叫声传来——你的呼唤打动了我的心灵！
于是，我从茂密的森林返回，
瞧，这一捧叶子就是证明。

亲爱的，今天我曾迷失在时间的岩层，
你，我的爱人，将重重岁月从我脸上抹去，
我仿佛觉得正和你在千年期中漫步，

就在那时，你的叫声传来——你的声音艰难地抵达。

我害怕极了，唯恐难以及时返回，

于是，索性推着大堆大堆的时间

走向未来——瞧，我已来到你的面前。

雨中的舞蹈

让雨拥抱我吧，从脸颊到足踝，
亲爱的人，来欣赏这崭新崭新的舞蹈。
夜将风藏在黑暗中犹如藏着一个激情，
那阵阵的风啊就是我舞蹈的回音。

我攀着、抓着、拉着雨的绳索，
要为你们和星星搭建一座桥梁。
我明白，你们爱我庄重而笨拙的长发，
还喜欢我脸颊上的火焰。

凝望吧，直到风的目光熄灭，
我的手臂恰似生动但又淘气的闪电——
我的眼睛从未在大地上寻找，
我的足踝从未把镣铐戴上。

让雨拥抱我吧，让风摧毁我吧，

爱我自由的舞蹈，在你们身上飘扬——
我的膝盖从未亲吻过土地，
我的秀发从未在泥沼中挣扎。

脆弱的足跟

1966

父　母

父母随时为我们尽心尽力——
给我们生命，将我们养育得比他们还大，
然后悄悄地留在后面，
通常一点也不打扰我们。

他们感到羞愧，自己太老，太弱，
太朴素，太平凡，不配当我们的父母，
他们在沉默中静静地望着我们，
为失去的时间内疚万分。

当天上的光芒陷入乌云后渐渐暗淡，
他们又将目光转向星星。
他们终于疲惫不堪，但依然毫不迟疑地
坐在地上，甘当我们的根基。

应　该

也许，我们生下来就该是耄耋老者，
携带着智慧来到人间。
这样，我们便能决定自己在世上的命运，
便能在第一个十字路口
就选择好毕生的道路。
我们只需从容地行进，日益年轻，日益强健，
抵达创造之门时，成熟而又充满活力。
然后，在爱中步入豆蔻年华。
儿女出生时，我们已成为孩童。
那一刻，年长的他们会教我们咿呀学语，
会哼着摇篮曲陪伴我们进入梦乡。
我们渐渐消隐，渐渐缩小，
小如葡萄，小如青豆，小如麦籽——

总有一天

总有一天，
我会需要叶，
我会用草医治自己，
总有一天，在我衰老的时候，
我会用鸟的歌曲当我的假牙，
我会在失眠的夜晚，
想起月亮那片药，
静一静吧，总有一天，
离开所有这些，我便难以生活，
总有一天，我会不得不承认
整个宇宙的重要。
总有一天，总有一天，
可现在，看在上帝的分上，
请你们让我，
让我独自待着。

第三种秘密

1969

无从选择

我被带去接受最终审判，
结果他们将我送到了地球。
人们发现我无罪
准许我选择自己的权利。
但我既不想当男子，也不想当女人，
也不想当动物，
也不想当一只鸟或一棵树。
只听见分分秒秒从选择权中
滴落。
只听见它们撞击着石头：
不，不，不，不。
我徒然被带去接受最终审判，
又徒然被人们判定为无罪。

卑　微

我无法阻拦一天拥有
二十四个钟点，
我只能说：请你原谅！
我无法阻拦蝶蛹化为蝴蝶，
我只能请你原谅，
为了蝶蛹，为了蝴蝶。
原谅我吧，花朵变成果实，
果实留下种子，种子长成树林。
原谅我吧，溪流汇成江河，
江河汇成大海，大海汇成海洋。
原谅我吧，爱情产生出新的一代，
新的一代产生出新的孤寂，
新的孤寂产生出新的爱情——
一切都是命运，
一切都难以阻拦，
甚至最后一颗沙粒，

甚至默默流淌的血液。

我只能说——

请你原谅我吧！

你们知道些什么

你们知道些什么，
只是不对我讲述，
你们一定知道些什么，
不然，我的父母，我的世上的老人呀，
你们怎么会
怎么会度过如此漫长的岁月？
原谅我吧，八旬老翁，
原谅我挡住了您的去路。
您能向我透露
那个神奇的秘密吗？
我跪在混浊的熔岩浆中，
跪在你们的脚下，老人们：
告诉我那个秘密吧——
冰冷的星星用孤零零的手爪抚慰你们，
而你们并未死去。

联　结

一切都是我自己。
给我一片不像我的叶，
帮我寻找一头
不用我的声音哼哼的动物。
无论我走到哪里，大地都会裂开，
我都会看见那些以我的形象
出现的死者相互拥抱，繁殖另一些死者。
为何这么多同世界的联结，
这么多父母，这么多强迫的子女？
为何这一切疯狂地相似？
宇宙带着千万张我的面孔追逐我，
而我唯一的护卫方式便是打击我自己。

闭上的眼睛

我一刻也不敢闭上眼睛，

唯恐

会在眼睑间将世界摧毁，

唯恐听到它像牙齿间的榛子那样

被咬得粉碎。

我还能从睡眠中窃取多少时间？

我还能让世界在我的生命中维持多久？

我沮丧地望着这个毫不设防的宇宙，

望着这个只要我闭上眼睛

就会消亡的宇宙，

心里充满了怜悯。

北　方

我们欺骗，并非出于卑鄙，
而是因为无知。
满脸通红，我们不再知道
我们是谁，怎么会是我们。
身后，一长队陌生的父辈。
面前，一长队陌生的子女。
我们知道什么？我们认识何人？
我们犹犹豫豫地移动：
走一步，再一步，
又一步，最后开始
依恋地望着相反的方向——
该多好啊，要是至少能得到一个答案：
北方在哪里？
长发在我们额上轻轻颤抖
在时间的流逝
吹来的风中。

旅　行

我在心中行走，

仿佛穿越一座

举目无亲的陌生城市。

夜晚露宿街头，我恐惧万分，

淫雨的下午，

我感到寒冷而又厌倦。

没有任何旅行的愿望，

当走路本身

就是历险，

没有任何迹象表明

我曾经发问：

“为何我被带到这里？”

唯有爱

唯有父母和子女之间的爱

才是种子。

亲爱的，你是我的儿子，

一切从这里升起。

那无法摧毁的永恒啊

滑动在父母和子女之间。

别让这个世界的法则

削弱你的听觉，

整个宇宙

就悬挂在那根

将我们连接在一起的血丝上，

恰似一个干净的秘密。

弯下身来，带着几分稚气，

亲亲我的嘴吧，孩子。

歌

秋啊，将绿树留给我吧，
瞧，我愿用眼睛同你交换。
昨晚，森林跪下
在黄色的风中哭泣。

秋啊，将柔和的天留给我吧，
让闪电击中我的额头。
昨夜，黎明试图
在草丛中自尽。

秋啊，将鸟儿留在空中吧，
我的足迹会把它们追逐。
今晨，云雀的鸣叫
从苍穹中流泻。

秋啊，将青草，将水果，
将未能入眠的熊，

将没有飞去的鹳，

将光明的钟点留给我吧。

秋啊，将白昼留给我吧，

烟不再在太阳下哭泣。

让夜幕降临在我身上吧，

无论如何我都会化为夜色。

爱

爱，孤独的恐惧，
半身藏入泥土的
混浊的女神，
我对你一无所求。
叶子为我飘落，
鸟儿飞翔着
向我靠拢，
石子在我的目光下
交配、繁殖。
我还要祈求什么呢，
永不宽恕的主人？
不管怎样，纯洁的白雪之上，
桦树那天使般的身躯
正为我屹立——

前　提

我

犹如

漏刻里的

沙子

唯有在

坠落中

才成为

时间。

赞美诗

瞧，灰鹳在背叛，树木在放弃，
智慧在伸展，
我的富有远见的父啊，
你满意吗？
瞧，人们一句一句地
教我不要说话。
可是，主啊，你答应我
在这样的沉默中
让我的词语保持活力吗？
你答应我鸟儿依然知道归途，
绿叶依然会
找到曾经栖息的树枝吗？
你答应我
当你完全可以坚强地听我对你说出
“用仇恨代替我的忧愁”那句话时，
万事万物还能复活吗？

疲 惫

我们的死者多么温顺！
他们从不通过火山发脾气，
从不在压着他们的
城墙下面摇晃。
他们任凭自己被幽禁在雕像中，
保持着别人刻好的姿态，
任凭自己在旗帜的覆盖下
躺在陌生的路上，
任凭自己被人耕耘并真心诚意地
腐烂，为了滋养土地。
我们的死者多么温顺，
又多么疲惫！

一切都很简单

哦，假如我只是一支蜡烛，
就让我一点一点地燃烧吧，
从一端到另一端，
简简单单，恰似孩子们的
算术题——
首先我的头
会消失，这真是幸福！
世人会说：
“多么没头没脑的姑娘！”
我会忘记一切，
什么也不再去理解。
接着我的心会融化，
我不再爱，
不再恨，
任何痛苦都无法将我触摸。
世人会说：
“多么没心没肺的姑娘！”

就这样继续下去。

我不再有任何愿望，

也不再有任何激情，

我那携带着帆船的血液

会纷纷流散，

唯有干裂的膝盖会孤零零地留下，

不失尊严地颤抖，或者跪倒在地，

谁都不愿再费任何口舌。

最后的宁静中，

蜡的池沼

会渐渐冷却，为了它的光

带给世界的任何可怕的阴影

而受惩罚。

坠 落

先知在荒野中死去
而天使们垂下翅膀
被成队成队地带往
广场上集合。
它们不久将受到审判。
它们将面临这样的问题：什么罪孽
才将它们逐出天堂?
什么过失？什么不忠行为？什么错误?
它们，怀着最后的爱恋，
会睡意蒙眬地望着我们，
却不会鼓起魔鬼般的勇气
宣称天使坠落
并非由于罪孽，并非由于罪孽，
而是因为疲惫。

圣母哭子图

清澈的痛苦，死亡将我转向
你的手臂，温顺地，几乎像个孩子。
你不知该感激
还是哭泣，
为了这样的幸福，
母亲。
我的身躯，从秘密中脱落，
仅仅属于你。
你甜甜的泪滴在我肩上
又温顺地汇集在锁骨旁。
多么好！
不可理喻的漫游和言语，
让你自豪又令你恐惧的门徒，
天父，怀疑者，沉默者，守护者，
所有这一切都已过去。
苦难使你宁静，
你抱着我

悄悄地轻摇。
摇动我吧，母亲。
唯有三天我可以在死亡
和你的脚下憩息。
然后复活将来临，
你重又会陷入茫然和不解。
仅仅三天，
但这段时光
从十字架上下来，在你的脚下，
我的感觉如此美妙，
假如并不是由于担心会让你受惊，
我会缓缓地将嘴巴
凑近你的乳房，尽情地吮吸。

愿　望

一个孩子般柔软的早晨，
光悄悄降临，弹响
满地的落叶；
屋子里飘溢着
削得尖尖的铅笔
和尚未用过的稿纸的气息；
从思想中，从爱情中，
或者仅仅从睡眠中我醒来，
晕眩却又欢喜，
披上衣衫，
赤足伸进鞋里
迷迷瞪瞪地走上街头，
幸福地四处打听：
现在是何年何月？

边　界

我寻找恶的开端
恰似儿时寻找雨的边缘。
我拼命地四处奔跑，
为了找到
那个能同时观察
阴雨和晴空的地方。
可还没发现阴雨的边界，
雨就停止了，
还没看清晴空的范围
雨又下了起来。
我枉然长大。
此时此刻，我仍在四处奔跑，
为了找到
那个能看到恶和善的
分界线的地方。
可还没发现恶的边界，
恶就消失了，

还没看清善的源头，

恶又出现在眼前。

在这块

时阴时晴的土地上，

我一直寻找着

恶的开端。

✳

诗歌五十首

✳

1970

约　会

不要惊慌。
一切都很简单，
简单得你以后才能
慢慢明白。
你将首先等待，
苦苦地等待。
只有当你开始觉得
我已不再爱你
觉得你实在难以生存时，
只有那时，我才会
种下一棵草，
在花园的角落生长，
一直长到你的面前，
对你悄声低语：
不要惊慌！
她正安然
等着你，
在我的另一端。

让词语坠落吧

让词语坠落吧，
只是要像果实，只是要似叶子，
只是要带着成熟的死亡。
让词语坠落吧，
在它们快要腐烂的时刻，
肉身上仅仅剩下
神圣的骨头。
打开的空核，
恰如灰云中的月亮，
兴许会偷偷溜向地球——

十　月

温馨的泪
滴落在我的额头，
又款款地
从眼睑往下
流淌，
仿佛源自
那双紧闭的眼。
谁在我上方哭泣，
让甜甜的泪
变成我的？
是父亲呢，
还是一位以此方式
收养我的陌生人？

那里，高处

那里，高处，山顶上的房子
在云雾间时现时隐。
谁为它配上如此胆怯的盾牌？
谁又如此频繁地将它抛离？

谁为我们的眼睛将它掠夺？
谁又为它把我们的眼睛奉献？
我们依靠着潮湿的圣像，
恰似腼腆的神仙睫毛中的泪珠。

我们曾在另一生命中遇见过它？
或者那恐惧仅仅是某种预感？
但我们活着，只要活着，就要看看
那里，高处，山顶上的房子——

赞美诗

你，教会熊沉睡了

整整一个冬天，

为何不告诉我什么是睡眠呢？

我并不向你乞求一切。

你知道，

对于死亡而言，

我太谦卑了。

但谁，航行在

我睁开的眼睛上，

不会向你索要

一缕虚无之风呢？

灵　魂

灵魂居住在我们体内，

它无法在外面生存。

多少次

当我发现赤裸裸的灵魂

在草丛中垂死挣扎时，

我都会用手掌轻轻将它捧起，

可从来

都没有人

迅速前来招领。

我感到手掌的勺子空了，

一滴蒸汽从我身上穿越。

灵魂躲藏在我们体内，

它属于上帝吗?

十月，十一月，十二月

1972

还记得那片海滩吗？

还记得那片海滩吗？
那片海滩布满了苦涩的玻璃碎片，
光着脚，我们无法在上面
行走。
还记得你凝望
大海的神情吗？
你说你正在倾听我的声音。
还记得那些
疯狂的海鸥吗？
它们不停地旋转，
一些看不见的教堂
在鱼儿的守护下，
发出当当的钟声。
还记得
你奔向大海的情形吗？
你高喊着说
需要远离
你才能将我注视。

雪花

同鸟儿一起飞舞着

融化在

水里。

以近乎欣喜的绝望

我望着

你留在海上的足迹，

这时，大海眼睑似的闭上

自己的眼睛，

而我们正在那里期待。

欢乐又有何用

学会不再欢乐，
学会不再用微笑和安慰
杀戮。
你的一缕笑声
会击落树枝上的鸟儿。
那些鸟儿啊，唯有一次不幸
才能维持它们的生命。
每一次欢乐都会让某人负伤。
在你们的世界里，欢乐又有何用？
夜里我梦见整个军队都在咯咯大笑，
而我们像周围的稻穗似的纷纷倒下。

我将不再记得

我将不再记得
是牧场，还是大海，
是鸟，还是鱼
在我的发间漂浮。
我只知道，你来了，
闭着眼睛，
我听见葱郁的上帝
在柔声细语。
宁静在我身上弥漫，
直到踝骨，直到膝盖。
只要你在睡眠中
伸出手来，
树干就会长出叶子
为我歌唱。
只要我抬起眼睛，
你就会接住我的目光。
哦，静静的爱情啊

美妙的下午

就像一粒葡萄

在嘴巴梦幻般的天空中

找到了死亡。

我只需等待

疾病比我
离我自己更近，
恰似腐烂
比核
离果实更近。
正如核只需等待
夏季过去
才能从果实中脱落，
我只需等待
生命流逝——

你从未见过蝴蝶

你从未见过蝴蝶
观望我们的模样吗？
你从未见过风
在我们走过时
向青草发出的信号吗？
倘若我蓦然转过身来，
那些树枝会愣住不动，
只等着我们一步步走远。
你没注意到鸟在降落吗？
你没注意到叶在凋零吗？
你没注意到沙沙声
就像朝北的树干上的青苔
在我们背上生长吗？
还有随处迎候我们的沉默——
所有事物都知道些什么，
只是对我们隐瞒着。
也许我们都是罪人。

高昂的代价早已加在我们的头上。

夜幕降临，星星兴奋地闪烁，

而玉米叶子发出阵阵叮当的响声。

睡吧，睡吧

睡吧，睡吧，
只要闭上眼睛，
我们躺在一起，
就像两个死者，年轻，平等。
听，太阳在干草中
发出睡意蒙胧的沙沙，
柔软的天空
将某种花粉留在了指头。
成群成群的鸟的影子
移居到我们的脸上，
葡萄的气息进入我们的肉身。
睡吧，
不要惊慌，
我们身旁
那散布在草中的发瓣，
已开始生根，
用不了多久，片片绿叶就会

将我们覆盖，在金色的雪中。

我们从未播撒更多的种子，

你的翅膀已沉入泥土，

无影无踪。

关于我们的故乡

来谈谈
我们的故乡吧。
我来自夏季，
一个脆弱的国度，
任何落叶
都可能叫它灭亡，
天空吊满了星星，如此沉重，
有时垂到了地面，
稍稍走近，你会听见那些星星
被草胳肢得笑个不停，
大片大片的花
犹如太阳
刺痛你干燥的眼眶，
每棵树上
都挂着无数圆圆的太阳。
我的故乡

除去死亡，什么也不缺少，

太多的幸福，

让你昏昏欲睡。

透明的死亡

空中的飞虫
微笑着死去，
没有收割的痛苦，款款坠落，
落在我们的肩膀和头发上。
光
将它们笼罩在帛布中，
让它们全都结为兄弟。
然后示意蜜蜂飞进蜂巢，
示意熊入睡，
示意叶子飘落。
照亮死亡的光，
神圣的、流泪的光，
难以形容的温存、
柔和的光，美好的光，
在永恒中发现透明，
一如皎洁的月色，
由折断了的蝴蝶翅膀

和干枯的书页织成的
梦中的林间空地，
散发着干草的气息，
诞生前流淌的
静谧，
光芒四射的静谧，
透明的死亡。

我的影子害怕

我害怕树，
但我的影子更害怕
树的影子——
树并不敢
向我进攻，
然而，我的背后
却时常能听见
影子间的
野蛮冲突。
我害怕鸟，
但我的影子更害怕
鸟的影子——
鸟高高飞过，
没有把我侵犯，
然而，我的影子
却在同鸟的影子
进行殊死搏斗。

我的影子毫无防范。

它不像树的影子

有根相依，

也不像鸟的影子

能够飞翔。

它来到世上，

只是为了

以血淋淋的黑暗

把我跟随，

并在我歌唱着前进时

悄然离去，

幻化成一片茫茫夜色。

母　亲

母亲，我的第一座坟墓，
滚烫的漆黑，
当我急切而又愚蠢地离去时，
她的每一块碎土
都徒然地
予以抵制。
你会原谅我的复活吗？
仓促的复活将我同你撕开，
为了让我走近另一次死亡，
犹如从光明进入光明。
寒意愈来愈重，
陌生世界震撼着我的心灵，
我一步步攀登，身后的路自行抹去。
离你已如此遥远，
遥远得可以建造无数座教堂，
传递我们间的祈祷。

你没有影子

你没有影子，
当你从镜子前经过，
唯有短促的战栗
扭曲水的形状。
影子无法与你联结，
你
也难以抓住影子。
我握着你的手，
但在镜中依然孤独。
我只看到
自己那痉挛的微笑，
不时，一串串骚动
从中穿行。
我知道
那是你，俯下身来
同我接吻。
我将怎样报答呢，

因为我已无力

逃脱?

哦，怜悯我吧!

不然，我定会在

火刑中自焚。

你没有忘记树的语言

我知道，你只是来对我说些什么，

说些白云无法对我说的事情，

你不能留下，

你没有温暖的衣衫，

你没有忘记树的语言，

你来，只是为了在我的额上

放上“晚安”的标记。

禁不住寒冷，你离去，

没有将我带走，

地球上所有生物

纷纷到来，观望那道标记，

朝我顶礼膜拜，

森林为我带来绿叶作祭品，

蜥蜴向我献上皮革，

但光始终围绕着我。

于是，

地球上的生物

一个个要和我清账，

森林悄悄退回沙沙声中，

你走了。

你没有留下一座桥梁，

你在我额上放上夜的标记，

却没有告诉我

夜晚是否真的会来临。

我们的位置

我们的位置不在这里。
徒然地我们试图腐烂——
可身上的那些核，
就像在石榴中那样，
找不到足够的
泥土用来发芽。
我们还没有死去，
还得忍受这一闪耀，
这一我们得在睡眠中，
在震耳欲聋的梦中穿越的闪耀，
我们的位置
在某个更远的地方，
或者我们早已经过，
没有将它认出。

树林曾有过眼睛

我可以发誓，
树林曾有过眼睛，
我清楚地知道，
当我还是棵树时，
便能够看见一切。
当一群群候鸟高高飞过
从我的面前，
那奇怪的翅膀
曾激起我多少惊叹。
但鸟儿是否知道我有眼睛，
这我已不再记得。
如今，我苦苦地
苦苦地寻找着树林的眼睛。
也许看不见它们，
正因为我自己已不再是树；
也许它们已落入树根，
在深深的地底；

或者也许，

树林原本就是盲目——

但为什么每次匆匆经过，

我总觉得

树林正用无数目光，

以一种熟悉的方式

默默地注视着我；

为什么当它们忽闪着

千万只眼帘时

我总会情不自禁地高喊——

你们看见了什么？——

一　对

一些人只看见你，
另一些人只看见我，
我们叠合得如此完美，
谁也无法同时看见我们，
谁也不敢居住在能同时看见
我俩的边缘。
你只看见月亮，
我只看见太阳。
你思念太阳，
我思念月亮。
背靠着背，
我们的骨肉早已相连，
而血液传递着消息
从一颗心到另一颗心。
你好吗?
假如我举起手臂
使劲向后伸展，

就会发现你甜甜的锁骨，
再往上摸索，我的手指会碰到
你神圣的嘴唇，
然后它们又会蓦然收回，
紧紧地掐着我的嘴巴。
我们好吗?
我们有四条臂膀护卫自己，
但我只能打击我面前的敌人，
你只能打击你面前的。
我们有四条腿奔跑，
可你只能朝你那一面跑，
我只能朝我这一面，
每一步都是一场生死搏斗。
我们平等吗?
我们会一起死去呢，还是一位
将在一段时间里继续背负着
贴在自己身上的另一位的遗体，

然后缓缓地，缓缓地染上死亡?
或者也许他根本就不会完全死去，
而会永远地背负着
另一位的甜甜的包袱
不断地萎缩，
变成一个驼背，
变成一个肉赘——
哦，唯有我们才懂得
那种从彼此的凝望中
理解一切的渴望。
可是背靠着背
犹如两根树枝长在一起，
假如我们中的一位猛然挣脱，
仅仅为了一瞥而牺牲自己，
那他只会看见从中挣脱的
另一位的鲜血淋漓而又
焦躁不安的后背。

有时我梦见自己的身体

有时我梦见自己的身体
落入皱纹的兜网，
在雪上被拖向
一片清澈的大海
冰冻、光亮的海滩，
我一次都没有看见渔翁，
但我知道他是你的父亲，
我只看见皱纹的兜网
以及我的身体，那丰厚的
战利品。
怀着无限温柔我梦见
死亡的早晨，
充满了前所未有的纯粹的宁静，
你不再来临，
我也不再呼唤，
宇宙万物都睁着眼睛进入梦乡，
唯有，光明中的光明，回声，

一个脆弱的咒语在移动——

让兜网散落，

让我再一次滑行在

永恒的、洁白无瑕的水面上。

我就像马的眼睛

我就像马的眼睛
被遮掩着，看不见世界。
不要问我
何时来到你的面前，
也不要问我
遇见了什么树林和花朵。
我只看见路，
不时地，还有
云的影子，
向我传递着一些
难以捉摸的信息。

闭着眼睛

闭着眼睛，闭着眼睛，
唯有一次我们得到。
我什么也不问你，
雪在铺展，
掩埋了墓地和村庄，
将教堂砌进墙里，
白杨树梢依然可见，
仿佛青草在上面发芽。
雪在铺展，上升，
犹如一片发酵的田野，
很快就会阻挡
时间从上方坠落。
闭着眼睛，
唯有一次我们得到，
也唯有一次我们必须给予。
我什么也不问你，等待
最后一缕时间落下，

等待天上出现一片空白，

一片宁静，只有那时，

才将你的左手臂从钉子上抽出

并缓缓地用雪打翻那口钟。

我们中谁

当你离去时，
我不知我俩中究竟谁已离去；
当我伸出手臂，
我不知是否正将自己
寻找；
当我对你说：我爱你，
我不知是否是在对自己倾述，
并因此而感到羞涩。
从前
我知道你长相如何，
你是
说不出地高，说不出地瘦，
我知道你从哪里开始，
我自己又在哪里结束，
轻易地，我能触摸到
你的唇，你的颈，
你甜甜的锁骨，

你孩童般的肩膀。

很久前，当我们双双一起，

我记得，

我记得我们是怎样地手挽着手……

我们中谁已被战胜?

谁已幸存下来?

唯一的躯体是你的，

还是我的?

我如此思念的是谁?

唯有沉默着，

闭上眼睛，咬紧牙关，

我才能艰难地

在心中

将你摧毁。

没有你

没有你，我感到寒冷
我从未明白
你走了
空气会感觉如何。
宇宙缩成一团，
如一只破损的球，
并留给我凄凉的碎布。
一条黑狗
温顺地仰卧在雪上，
它站起来，紧盯着我，
远远地躲开，
拒绝说出自己的名字。
天开始飘下零星的雪片，
我的皮肤痒痛，
在你离去的地方。
我感到寒冷，
当我体验着

这个致无人的祈求

怎样同雪一道

缓缓地降落。

哦，你的肉身

哦，透过墨水我看见你的肉身，
睡眠中墨水沾满了我们
犹如野兽酸楚的汗珠。
我滑动着手指，
渴望抵达你，
但我看不见你，
我只听见你，
告诉我，再告诉我
我沉入的那道漩涡
同样将我们俩遮蔽。
我呼唤你，
然而，我们之间，墨水
喷涌而出，仿佛源自一道伤口。
你还认得我吗？你还在等我吗？
你还会让我返回吗？
你还会从那紫色的泥泞中
接受我吗？

你还会

穿越蓝色的原野

荒芜的海向我走来，

默默地，含着泪水，

好让我朝你伸出颤栗的嘴，

双唇因词语泛紫，

迎接你的亲吻吗？

＊ 诗选 ＊

1974

家　系

有人梦见我们，
梦见我们的人
又被另一人
梦见，
这已是
一个特别的
梦中梦了。
陷入睡眠，
我们也梦见
一个在睡眠中疯狂挣扎
正在做梦的世界。
我们是一串
没有开始
也永远不会结束的
链条上脆弱的环节，
尽管
一声尖叫

就足以唤醒

睡眠中的

第一人，

那个在梦幻世界的

底座

睡觉的人。

每个动作

我的每个动作
都同时在许多面镜中
呈现，
我的每道目光
都无数次与自己
相遇，
直至最后，
连我也弄不清
究竟哪是真，
哪是假，
究竟谁
在将我模仿。
哦，主人，
我已害怕睡眠，
我已羞于生存。
在我眼里，
任何日出

都有数不清的太阳
和一个孤零零的
催人入眠的
白昼。

世界之间

我从一种生活走向另一种生活
轻轻地抚摩
门口那只睡眠之狮的
鬃毛，
它早已习惯于我，
习惯于我每个清早的离去，
习惯于我每个黄昏的
归来。
有时，遭受挫折后
我无法抵达它，
那时，
它就会起来，
温柔地衔着我的头，
慢慢地拖我拽我。
另一些时候，
我不再知道怎样从梦中归来。
那时它便会动身

来到迷宫找我，
向我发出信号，
高喊着
它会来救我，
让我一动不动地
在记忆中等待，
等待它将我找到，
等待它把我带向
它的王国。
哦，它那美妙的王国，
一片透明的土地，
时间
脆弱的边界
在两个不停地
互相撕扯、互相吞噬的
世界之间。

祈　祷

让我张开双臂，
躺在雪上，
故意
落入睡眠的手掌，
组成一个美丽无比的十字架，
唯有天使
在天堂
犯下罪孽
才配被钉在上面。
无垠的洁白，
纯真的宁静，
化为花朵的云
轻轻覆盖着我，
而滚烫的泪
在我紧闭的眼睑下诞生，
还没来得及从梦中流淌
便已凝固。
阿门!

✳

睡眠中的睡眠

✳

1980

丘　陵

丘陵，郁郁葱葱的甜美球体，
你们将一半藏在地下，
为了让死者也能欣赏
你们那柔和丰满的身体。

此刻，一位死者像我一样，
正在倾听永恒如何流淌，
望着你们，他会想起
如烟往事并轻声细语：

丘陵，郁郁葱葱的甜美球体，
你们将一半藏在空中，
为了让生者也能触摸
你们那温柔无比的魂灵。

冬天，星星

冬天，星星
如此遥远
你无法通过孤独
看见它们。

冬天，大海
如此古怪
就连泉水流动
也不适合它们。

冬天，死者
如此冷漠
整个地面
都会冻结。

眼　睑

总是从深深的沉默中惊醒，
饱受磨难和煎熬的
白杨树叶，
千百万只眼睑，
辛苦劳累
为了隐藏那只
单独的眼，
那只流泪的近视的眼。
我们能在肩胛间感觉到它
燃烧着一步步穿越，
当白杨树叶的眼睑
被风带走的时候。

祖　国

在你心中我不会思念任何人，

通过绿色眼眶

沉入睡眠的土地啊，

假如我越过

你那疲惫的发瓣的边境，

我便是个异乡人。

梦中，我只会

说你的语言，

只为你讲述一个个童话，

我的过于短暂的天堂，

我的过于短暂的主人。

外面真冷，

还有浓雾弥漫，

天黑了，时间款款降临，

可家里多么好，多么温馨，

当我们互相成为祖国的时候。

仿佛月亮

仿佛月亮有什么要说，
在将我和雪联结起来的爱与恨中，
它开始在雪上写下闪光的
文字，然后
又将它们一一抹去。
也许是一种威胁，
或者是一个忠告，
某些重要的事情传达给我，
词语闪烁着在孔雀般的
荒芜的田野上尖叫——
我应该回答，
黑暗屏住呼吸，
苍白的雪在期待，
所有人都相信
我一定懂得
月亮那死亡的语言——

我听见

我听见
有人跟着我走进月亮，
在我的足迹里播下花种，
明智的一步——芙蓉，
错误的一步——颠茄。

我听见
有人跟着我走进太阳，
在我的足迹里孵上鸟蛋，
明智的一步——斑鸠，
错误的一步——杜鹃。

我听见
有人跟着我走进永恒，
在我的足迹里放进语言，
明智的一步——引号，
错误的一步——诗歌。

梦见我的人

梦见我的人
兴许试图
以此方式救赎心灵，
为了自我净化，
摆脱罪孽，
他被罚梦见众多生命，
我的生命便是其中之一，
我只是
这种古怪
修行的
配角，
修行的尽头
宁静，或许还有恩赐
正等待着他。

我回到的村子里

我回到的村子里，
钟表同布谷鸟一起摧毁时光，
大片大片的寂静
支离破碎地躺在尘土中。
指针辛勤地转动，
显示某个看不见的数字。
钟点早已坠落，
指针不停地奔跑，
常常跑得晕头转向，
布谷鸟唱着歌登场，
宣布世界末日的降临。

东方城市

东方的平原城市，
汁液流到了街头，
不知羞耻的太阳
吮吸着肮脏的掠夺物。

液化的城市，滚烫的河流，
残酷的香气向着
水果的天空攀登，那里
最后的思想正在腐烂。

我并不歌唱绿叶

我并不歌唱绿叶，
只歌唱绿叶隐藏的
娇嫩的死亡，
犹如一个醉人的国度，
无边无垠，
进去的人们，
流连忘返并甘心死去，
为了能永远
幸福地
走下去。
由于我难以
叙述
所见的一切，
于是，只能让树
不断地从那片孩童般的
土地返回，
一场神秘的灾难

徒然地

将我们隔开。

我

并不歌唱绿叶，

只歌唱一年一度

绿叶梦见的

娇嫩的死亡。

睡眠中

睡眠中，
我偶尔会尖叫，
唯有在睡眠中。
我的大胆使我惊恐地
醒来——
在夜的安分守己的静谧中
我试图听听
邻居睡眠中的尖叫。
但聪明的邻居
从不尖叫除非当他们确信
梦见自己的睡眠，
无人能听见的
睡眠中的睡眠时，
才敢张开嘴巴。
睡眠中的睡眠里
该有多少
自由的喧嚣！

一杯雏菊

一杯雏菊
放在白色的桌上，
我在此写作，
比平时更加自由自在；
四周，
干草的气息
将人们引向梦，
一个词语或许会从梦中
滴落；
黄昏中甜美的天空
犹如从前
牧归的牛群；
对于曾经的一切的爱，
对于即将消逝的一切的爱，
没有意义的爱，
没有边界的爱——

白杨树的影子，田野上长长的栅栏，

杯中的

雏菊。

诗

谁将做梦
在压迫我们的时间里？
睡眠沉沉的积雪上
梦游的英雄
在移动
动作时疾时缓。
别叫！
醒来，他们就会死去。
你只需哭泣
就能看见他们——
未死者
如此羞怯的
证据。

蟋蟀的眼睛

1981

从那里

从那里，从那片叶
另一个人望着我
以一种分成无数个夏和秋的耐力，
一声不语，
只是惊奇地
望着我朝他闭上的眼睛。

哦，青草在我的眼睑发芽，
绿色的嫩芽终于干枯，
因为它们没有破土而出，
我的睫毛一动不动，
纠成一团，
因为我的眼睛
总是不停地望着我

在那绿色的光芒下，
叶子上的目光正是用那道光芒

沐浴着我，仿佛置身于永远坚韧的海底，

一声不语，

只是帮助我为了更为严厉，

更为长久的复活做好准备。

清 晨

清晨
当天空
悄悄退隐于
思念的半球时，
微小的花萼
颤动着发出
一声沉沉的响，
犹如大教堂的叹息，
犹如最最震耳欲聋的钟的
当当声。
多么遗憾，
我们无法听见
也永远不会知道
花的钟声究竟
为谁而鸣。

飞　翔

我患的病
不会导致死
却能帮助生——
它的本质恰恰就是永恒，
时间的一种癌，
不停地自我繁殖。
这是一种完美无瑕的病，
一种持续的痛苦犹如
在震耳欲聋的天空炼制而成的玻璃元音，
一种坠落，
只因为无休无止
人们称之为飞翔。

孤　独

孤独
是座荒无人烟的城市，
整洁的街道，
空荡荡的广场，
一切骤然膨胀
背衬着
命定般清晰的漠野。
孤独
是座大雪纷飞的城市，
每一步
都会玷污
置放于地面的光明。
唯有你，眼睛醒着，
朝向熟睡的人群，
凝望、领悟、不满于
如此的沉寂和纯洁，
无人抗争，

无人受骗，

甚至连那被遗弃的野兽的眼泪

都毫无悲伤。

在痛苦和死亡的

峡谷中，

孤独

是座幸福的城市。

水　中

我凝望着水
凝望着水中的我。

坐在青草织成的岸边
我凝望着水，
凝望着我那总是流动的面容，
那陌生的
因暴雨而起皱，
因浪涛而变形，
因水波永不复返的流逝
而衰老的面容。

中魔的青草，迷人的野草，
还有花儿从水中
寻找被遗忘的青春，
坐在这些花草织成的岸边，
我已无法仅仅满足于生存，

我渴望着看见自己，

渴望着让自己的形象印在

波浪

那窄窄的版面上。

一　步

我决定
走出自己的声音，
就像走出一座早已
被上帝遗弃的教堂，
一座变成纪念馆的
著名的教堂，
音节的祭坛，
词语的拱顶——
可怕的信徒
满怀过度的爱
拥挤在
圣洁的前殿。

我决定
逃离自己的声音，
就像逃离一座我为了
自己的无数罪行

而建造的监狱，

一座变成纪念馆的

著名的监狱，

诗行的门闩，

韵律的栅栏——

参观者被种种酷刑

吓得毛骨悚然，

看到里面不再有任何犯人，

一点也不惊讶。

队 列

文字穿越马路
恰似一队孤儿
从儿童院走出
人人都紧紧拽着
前面那位的衣衫
唯恐
会彼此丢失。

射 猎

我从未追逐过文字，
我寻找的只是
它们那
被太阳拖在草地上的
被月亮推向大海边的
长长的闪着银光的影子；
我只捕捉
词句的影子——
这是一种从父辈那里学来的
技艺高超的射猎，
他们懂得
文字中
最具价值的
只是影子，
出卖了灵魂的文字，
不再有影子。

草的影子

草的影子，
什么能比草的影子，
能比笼罩万物的凶恶的光中
那薄薄的夜的线条
更为纤细呢？
什么能比草的影子，
能比被同样瘦弱的
瓢虫的影子
占领的草的影子
更为英勇呢？
它们早已失去了
那些由于光而改变的形状，
在炽热的下午
动人地存在着：
瓢虫的影子
艰难地登上

草的影子，

什么能比这更为纤细，

同时又更难以抹去呢？

伪　装

但愿天堂像燕窝，
可我们能否
要求得更多呢？
燕窝里
洁白无瑕，辉煌无比，
装饰着片片羽毛，
那羽毛啊，同天使的一模一样，
还有粗糙的黏土，
一种完美的伪装，
我们小心翼翼地
称它为——
死亡。

纪　念

风怎样

将秋季的星星摇落?

秋怎样

让天上的星星枯萎?

天怎样

抓住时间的流逝

并落进它的嘴里?

时间又怎样

完全消失呢?

衣　衫

有时在早晨，
我从冰冷中睁开眼，
依然半睡半醒，
颤抖着
将自己年轻，
温暖，丝一般的
躯体穿上，
紧紧裹住自己，
牙齿孩子似的咯咯作响，
心里充满了幸福：
又一天，
整整一天，
我将得到永恒的庇护。

镜　子

发现，多么艰难，
创造，多么容易，
一位死去的国王
需要成千上万名摄政者，

一轮月亮
需要你递上数千座湖泊；
我渴望自我，
仅仅饮用镜子。

一种消亡的意义
需要数千个尖叫出的词语；
睡眠令我干渴，
沉默让我犯困。

✳

掠夺的星

✳

1985

煤　灰

当你看到一个沾满
煤灰的大天使时，你想到什么?
想到平流层污染，当然喽。
还想到什么?
想到天使
到处插手的习惯。
还想到什么?
想到春天那些
开始冒烟并堵塞的炉子。
还有呢?
哦，容我好好想想。
一个沾满煤灰的大天使
可能是一个点上了火
却忘了自己
根本不会燃烧的大天使。

定　义

你要成为叶子，
你必须
表现得
像所有叶子一样，
尽管你的理解
截然不同，
而且你也完全可以
将你的理解付诸行动。
令人震惊的是
你不愿从这一事实中
得出结论，
觉得你和叶子不同，
相反，是它们，叶子
和它们自己不同。
瞧，一个定义。

摇篮曲

闭上眼睛，睡吧！
让你的眼睑坠落，
如一把屠刀，
架住外部世界的颈项。
闭上眼睛，说不！
刚刚盛行的异教邪说中，
什么都不可理喻。
高高地，仿佛站立在瞭望塔上，
摧毁所有桥梁，给尘土
送去最后的武器：
闭上眼睛，睡吧！
整个短暂的人类都在安睡。

另一端

一切尚未完成。
或者这只是我的感觉?
那片叶子难道不该
继续生长吗?
那只蝴蝶翅膀上的
图案难道不该
以某种方式再添几笔吗?
我掌上的线条
不分明是幅刚刚
开头的图画的草稿?
一切尚未完成,
一切都在激动地
期待着圆满。
而在另一端
耀眼的光芒中,
这一点根本看不出来。

失眠的太阳

失眠的太阳，
视网膜无法忍受的
熔化的白色金属，
穿越眼睑，
耀眼的困倦，
没有丝毫阴凉希望的
注视，
将我高高挂在
所有感觉的上方，挂在
地狱那甜柔又杂乱的
黑暗的上方，
在最最残忍、最最猥亵的
光中，
我只想
坠落，坠落，坠落——

鸟的膨胀

陌生的鸟
常常用来下蛋的
那只巢
最有权利
选择鸟，
而非巢的命运，
在你的编年史中
创世纪以来
还从未记录过
一场叛乱
反对这一
由于
鸟的膨胀
注定要毁灭的
宇宙。

他们让我把你寻找

他们让我把你寻找，
而我也仅仅满足于寻找。
我甚至都没想过
假如找到你，
该如何将你处置。
将你当作种子撒进地里？
将你当作家畜饲养
并算计着你的皮和肉，
毛和奶？
或者，相反，我会让你
野兽似的把我吞噬？
我会惊恐地迷失在你内心
仿佛迷失在一片森林？
我会如临深渊
毫不犹豫地坠落？
我会掉进大海

葬身鱼腹?

他们让我把你寻找,

但他们不让我把你找到。

琥　珀

这么多光在空中，

这么多蜜在天上，

整个大气层看上去

就像一块琥珀

里面

石化的神

天使未完成的图案

隐隐约约

惟妙惟肖

而且几乎在动。

雪的重量

树林在雪的压迫下断裂。

谁会相信呢？

穿着优雅而又得体的

云的衣衫，

它们显得如此幸福，

以至于谁也没有想到

去发明一把秤，

专门用来称称云的重量。

冰管风琴

能听见什么，
是吗？
那是悬挂在
我屋檐下的冰管风琴
奏出的音乐。
尽管我听不出
任何音符，
但我知道，
我相信
不可能
什么也听不见；
这件完美的乐器，
这件转瞬即逝的
乐器
仅仅是
为了远方
一位冷漠的

看不见的

听众

而造的。

多么容易

假如神是树木，
正像柏拉图认为的那样，
那么，种植他们
多么容易，
只要满足他们的最低要求，
给他们一点点水，一点点肥，
我们就能向他们索取花，
索取叶，索取根，索取果实，
甚至还能索取植物
死里复生的秘密——

尖　叫

一个逗号，几块石子，
一点儿雪，
一缕太阳，
几座房子和几根树枝——
尖叫爆发的
道具多么简单！
尖叫
试图用指甲挂住自己，
总是在玻璃墙上
往后滑行，
试图升高，
于是断裂为碎片，
一个砌在另一个上面，
危险的平衡，
直到牙关
在无边的沉默中
拼命地咬紧。

足　够

一片五指叶，
一颗五指星，
而我的手
仅仅任风吹拂，
仅仅在夜晚主宰
并不足够。

问　题

为何万事万物不融为一体？

为何大地光滑的身体

不披上毛皮大衣？

为何嫩绿的草不长在

森林野兽滚烫的后背？

为何树不长翅，

鸟不生根？

为何幸福的石子

不在河边鸣啭？

而我为何不学会憎恨？

为何呢？

——哦，主啊，多么讨厌的孩子！

天使叹息。

肉　身

唯有光轮
围绕着词语——
一道丝毫也不虚弱，
丝毫也不短暂的光轮，
当然可以触摸，
甚至还给人快感；
一道会被鞭笞，被凌辱
被杀害，被逼入饥饿绝境的光轮，
它也会干脆死去，
自我熄灭，
在尽完义务之后，
在征兆和火焰般
照亮那座宝藏之后。

父　亲

我无权决定。
原子变成沙粒，
沙粒变成石子，
石子变成字母，
字母发芽，开花，
结出单词的果实，
单词变成动物，
动物发情，生育。

我无权决定。
见到妊娠的词句时，
我从不知道
谁是父亲。

风吹来的星

起先风将你当作一颗
种子吹来。
我开玩笑说：谁曾见过
风吹来的星星呢？
可后来
当你居住在我额上
开始发芽时，
我才明白你真的是一颗种子。
你是一颗种子，
贪婪地、野蛮地插入我的大脑，
用强烈的光代替根。
多么遗憾，
你用一缕缕光孕育的
植物
唯有在我黯淡后
人们才能看见。

四十一

我数着银杉翅膀上
绿色的羽毛。
要是少于四十一的话，
那他就有权利飞翔。
结果正好四十一。
是的，这有点复杂，
但不管怎样，是否给予他权利
完全取决于我。
——飞吧，我对他说。
——你是个傻瓜，银杉回答。
——不，我是个斗士，为了银杉的权利。
飞吧！
——哦，他喃喃地说道，看来
你一次也没有试过
在云中握紧自己的根。
——没有。不过，我算错了：
你又长出了一片。

妥 协

影子
并非黑暗和光明的和解，
正如沼泽
不是土地和大海的妥协。
请在睡眠中伸出手来，
屏住呼吸，直到你碰到
我那朝你悬挂着的指尖——
横木的上方
我还能架设桥梁，
只是要在
我们的臂膀做梦的时候。

我的眼睛

我的眼睛
是一只早已失去
杂食性的
动物。
起先，
只需一点儿它就会满足：
几根树枝，几片叶子，
一朵花，一棵草。
然后，它转向本质，
唯有大豆，小麦，种子
才能引起它的兴趣
和胃口。
现在，它索性拒绝
进食，
锁住睫毛就像咬紧
那些害怕自己的牙齿，
不再接受任何东西，

还大声宣布肚子里应有尽有。
它紧闭的眼睑下
不时地流下滴滴热泪
恰如吐出猥亵和衰老的口水，
这证明
它贪婪吞吃了大量干粮。

大笑大哭

在每一阵大笑大哭里，

一个神都会在空中

展开宽松衣服上的褶子

出现在我们面前。

地球上

有这么多各种各样的神，

为了将他们从隐藏处拉出，

我们每次都禁不住

哭个不停或笑个不止。

笑还是哭，

实际上无关紧要：

关键是要大笑或大哭。

收获天使

不时地
响起沉沉的扑通声，
犹如果子
落在草上。
光阴似箭！
天使已经成熟
并开始坠落：
天上也是秋了——

舞 蹈

字母背叛
沉默撒谎
符号模棱两可
尖叫作假
絮语模糊不清
眼睛虚伪
拥抱只是
一场舞蹈

音信残疾
密码丢失在
长与宽
高或扁中
蓝色的天
只是乌有
那厚厚的
大气层的深度。

只有一个盘子的天平

我有罪，仅仅因为我没有做的一切。
我没有拜过的庙宇圆柱间
生长的热带植物，
我没有用来埋葬自己的
海洋般的叶子，
我没有恨过的敌人，
我没有握过的剑，
我没有学会叫喊的词语，
我没有爱过的身体，
我没有杀死的野兽，
我没有在里面淹死的河流，
我没有见过的日出，
我没有登上的山峰，
我一次也没有闻过的
百合花冠上树起的博物馆！
所有这些都有权控告我。
而我的行为，不管多好，

都难以保持
哪怕最不稳定的平衡，
因为最后的天平
所要称的并非善与恶
而是曾经和未曾。

疑　惑

那朵花的一切都已确定：
盛开的时刻，
凋零的时刻，
必须
散发的芬芳，
必须点燃的色彩。
它自由吗？
花说是的。
花瓣说是的，所有部分，
花蕊和花粉，
绿叶和纤细又稚嫩的
花茎都说是的。
那么自由是什么？我问道，
对它们回答中的疑惑稍感局促。
多好的问题啊？天使
忽闪着花瓣惊叹。

勇　气

我望着自己的手：
细嫩的枝丫，
叶的眼睑从没有
在上面眨动；
翅膀的尖顶，
羽毛从不敢
在上面生长；
就连爪子最终
也无法在上面
发芽，恰似野兽
娇弱的幼崽。
我望着自己的手
仿佛望着一些
没有勇气独自
组成单词的
字母。

耀眼的动物

光也是血肉。
倘若你用劲拉扯，
它会破裂，流血——
你从未见过
一块光
被弃于天边，
开始腐烂吗？
一条小溪从光束中
缓缓流泻，
随时准备从一块石头
跃向另一块石头，
你从未闻过
它的血腥味吗？
世界的中心？
一只耀眼的动物，
伤痕累累，
在永恒中

维持着

我们的生命，

你从未想过

那里消耗的

神圣的苦难吗？

波浪建筑

1990

一个接一个

你无法保护你的神，
若要尝试也只能将他羞辱，
而神也不会自我保护
因为他高于
一切保护——
那一个接一个地
扫除了所有庙宇的浪
回到大海，
讲述着神多么美，
粉碎他们多么愉快，
又多么容易，
其他的浪腾起
个个都梦想着
捣毁
它们的神。

限制

我们树木
躲避不了疾病，
躲避不了疯狂
　　（您从未见过一棵树
失去理智，
带着根进入土地吗？）
躲避不了饥饿，
躲避不了恐惧，
也躲避不了监狱
（您从未见过一枝
黄色的茎干在铁栏间挣扎吗？）
我们唯一能躲避的
（或者说能放弃的）
就是逃跑。

钙分子

别急，
让时间流淌，
每一个坠落的瞬间
都会稍稍腐蚀
痛苦。
让我期待。
每一股破碎的浪涛
都会冲击锁住我的
岩石，
每一缕铁锈
都会磨损链条。
再过一千年，再过两千年，
岩石将变成沙粒，
铁链将变成灰尘，
我的骨头将变成散落在
水中的钙分子，
痛苦将变成虚无。

地　震

震动的，不安的，
歇斯底里的土地，
大海般汹涌着
波涛的土地，
拼死拼活要将自己的
火之魂
隐藏在小麦中的秘密，
令人恐惧地将过去的
和未来的废墟搅和在一起的
出色和平庸的狩猎。
难道
还有什么能
浪起浪落，
周而复始，生生不息吗？
制作泥罐的
故乡的土地，

时间听天由命地从中流淌，

偶然

成了历史。

不知不觉

不知不觉，
正如你伸出手
数点巢中的蛋，
怀着紧张和恐惧，
勉勉强强地
在密封的神秘面前
碰了碰它们
（这些鸟儿觉得
不纯洁因而
不会再孵的蛋），
不知不觉，
他的手在睡眠中伸出，
用每一个梦
推倒
一座寺庙，
而那只鸟
翱翔在水面上空，

愈加轻盈，愈加无拘无束，

随着每一次坠落越飞越高，

直到无影无踪。

孤　独

他孤独，

并非因为，所有人中

他最真实，

而是由于

所有人的本质都一模一样。

在橡树叶子里，

在飞鸟的内脏中，

在月兔身上，

在面包和葡萄酒里，

他孤独，

孤独得

令他厌倦，

于是他诞生。

分　寸

更善与更恶
并不存在。
它们仅仅是幽灵，
仅仅是善与恶的
毫无分寸的梦幻，
仅仅是些诺言，
用以延缓那恐怖时刻的
降临——
那一刻，我们会发现
善与恶
并不存在，
它们只是幽灵，
只是些微不足道
而又含糊不清的
副词的
毫无分寸的梦幻。

用白云

我常常厌倦自己，

厌倦词语，

厌倦希望

那总是空心的

核，

厌倦怜悯，厌倦恐惧，

有时甚至还厌倦绿叶。

唯有对山与天之间的

线条的凝视

我永不厌倦：

受了点轻伤

并用白云包扎的

大地的

轮廓。

展开的鸟

那只鸟如此展开
在世界之上
（恰如一本书你可以打开，
甚至可以阅读，却无法理解，
倘若你不懂作者的写作语言的话）
它的一只翅膀
遮住了太阳，
另一只
遮住了月亮。
而人们
看不见天空，
只好试着从鸟的内脏中
读出天的意愿。

撕碎的空白

在参与
和独立之间
选择的能力，
在尖叫的痛苦
和沉默的苦难之间
选择的勇气，
在向外逃
和向里跑之间
做出决定的力量，
你主宰的宇宙里，
星星在犹犹豫豫地
燃烧。
一颗颗掰成两半的火箭，
一个个化为碎块的天使
从撕成两片的空白
以及双重的永恒中
纷纷坠落。

陷　阱

我会这样做：

用镜子代替石头。

同样用镜子

代替名字。

那会像个

你们最终

都会落入的陷阱。

当你们好奇地俯下身来

想看看是谁的坟墓，

结果却看到了你们自己时，

即便谁也不再知道

我的坟墓在哪儿，

我也毫不在乎。

捉迷藏

瞧，那些教堂
开始在柏油路上滑行，
犹如几艘
满载恐惧的帆船，
桅樯
和帆鼓满了
总是从另一方向
吹来的风，
因此
假如你走在街上不加小心，
随时都可能被一座
发了疯的
急急忙忙要躲藏起来的教堂践踏。

睡　眠

这是怎样的复仇啊!
最后的奴隶,
那个从未有过一丝
自由念头的奴隶,
那个哪怕想到
最最微不足道的
反叛举动
也会浑身发抖的奴隶,
仅仅将睫毛低下
便逃离了,
摆脱了任何人的控制,
奔跑,
而且不会被抓获,
因为主人
总是待在
岸上,

一边监视，

一边因狂怒和失眠

咬着自己的手掌。

运动的建筑

这运动的建筑
总是死去又不断复活，
这朝我走来的修道院，
贴近，鼓胀并生长，瞧，
它那泡沫的拱顶
犹如悬挂着的圆顶帽花环，
投向天空，缓缓飘散，瓦解，
跌入水母、海藻和螃蟹的云朵，
然后又流进大地，
谁能将它阻拦？什么能将它阻拦？

这建筑的运动充满了太多的生机，
以至于不能不死去
以至于不能不再一次复活
谁能将它阻拦？
谁能对波浪高喊：站住！
谁能禁止水变成大海？

这总是陷进自身的修道院
就像陷进一声声的回音，
谁能让它孵化那些
早已在空气中骨化的柱廊？

信　号

站住，

别再动了，

就待在那里！

任何动作

都是一种堕落。

果实是花中开放的思想

腐烂的开始，

而怀孕是那些爱和被爱者

错误的第一步。

站住，

别再动了，

挡住

乡村蝶蛹中

那致命而又通勤的蝴蝶！

可谁又能

阻拦疯狂滚动的水

一次又一次地撞击河岸——

站住，

别再调换了，

你们希望

生命不死，万物永存：

更加残暴的刽子手

将会出生，

更加矮小的侏儒

就要走来。

当时间碎裂时，拦住

指针便是巨大的勇气。

流　逝

一切正在变化，
已经变化
或者将要变化，
岩石生根，
发芽，
开始缓缓移动
遵循某人的信仰，
农民将火车月票
嫁接到犁铧干枯的果实上。
啊哈！
长着爪和翅膀的植物试图
挽救自己的种子，
那些已经学会从一种
规律过渡到另一种规律的种子，
白云
在大地上
漫长的飞翔，

脉搏跳动的叶绿素，

枝丛上歌唱的鱼，

在农田的另一端

面包机器的悬念；

交叉的时间，

流逝的疆域，

过去和未来

同样陌生的

永恒——

我的额头

我的额头是一块石头，
潮涨潮落，
起伏的浪涛
冲刷着它，磨损着它，
雕刻着它，
将它化为沙砾，
然后在沙线间流淌，
更加纤细，
更加模糊，
就这样循环往复，
在降临黑暗的
月亮的光华下——
一块早已消失，
早被忘却的石头，
在凌辱永恒的运动中

时　刻

在我银子的骨头
周围
纺着长长的恒星轨迹
照亮绝望，
我感到已被
宣告了无数次的
时刻近了。
一切准备就绪。
主人啊，让你那
一代代无声的奴隶
在船桅下
列队吧！
大海的波浪
像衰竭的牙龈
从那些病牙上
拔除

负荷较轻的天空

有时我会使劲想象
一片负荷较轻的天空，
但从未成功，
因为
无论那只看到神话的眼睛，
还是那只看到机器的眼睛
都不愿放弃。
瞧，
就在此刻，
一架飞机
和长着翅膀的女神奈基
相撞，坠毁，
我的眼睛由于
不同的原因惊讶万分：
一只无法解释
飞机的故障，
另一只难以明白

胜利女神的死亡。

不堪疲惫，

两只眼睛沉沉睡去，

梦见一片空白，

唯有云和鸟

不时地从上面经过。

她就要来临

她就要来临，
她就要来临，
就要来临的还有
那被延误了
无数个世纪的日子，
她就要来临，
她正在走近，
已能听见她的脉搏
在天际跳动，
她就要来临，
已能在空气中
感觉到她的存在，
她不会再迟到了，
你们不用怀疑，
那耀眼的如剑一般
在光中振动的日子
就要来临。

头朝下

将镜子翻过来，
倒出含义，
熙熙攘攘的事物，
贴着玻璃
呼吸的铁锈花瓣，
睫毛眨动的目光，
还有无数版本
涂来涂去的你的面容。
将镜子头朝下翻过来，
好好摇晃摇晃，
抖落掉所有的东西，
只留下玻璃那
明亮而又冷漠的皮肤。

田　野

哦，主啊，怎么是我?
井的杠杆
紧张着，朝向水，
抬得越高，
落得越深，
它从那里观望
干旱烧灼的田野
以及早已消失的
大鸨的幽灵
伸直脖子一动不动
听着动静。

犹如泡沫

波浪上的君主，
在群众起伏的表面
漂浮的国王，
利用万有引力定律
在两场风暴之间
暂停的空当，
奇迹般留在了上面，
犹如肮脏的泡沫，
他们爬得越高，
离死亡也就越近。

冷却时的熔化

数十年等待着
钥匙的转动；
数十年窥视着那
锈迹渐渐扩大的钥匙，
没有言语，
没有命运。
不时地
似乎有点动静，
那时——
哦，依据转动的幻影
会响起不同的声音：
有人觉得
它朝前转动了一下，
有人觉得
它朝后转动了一下，
还有人觉得
一动不动才是张王牌——

谁能阻拦这一幻觉?
什么能阻拦这一幻觉?
可是，不，
唯有铁锈不断
深入钥匙的中心，
冷却时的熔化，
红色的灰尘
一分子一分子取代了门闩，
（又一阵征兆、假设
和意见的大合唱：
一个世纪，两个世纪，
十个世纪——）
装上了减速器的历史。

主　语

被幽禁在
比喻中
犹如被关进
一座为自己建造的
牢笼里，
你无法在里面生活，
可到外面也不能；
缺乏自由，
恰似缺乏空气，
你死去，
并非因为你被关闭，
而纯粹是由于
那只牢笼的存在——
瞧，对于一个
期待谓语的句子来说，
这是多好的主语！

副　歌

那些此刻开始旅行越过
茫茫疆域回到母亲腹部的人，
　　　　　　　　（啊，未来！）
或许他们还没有到达那里
他们的母亲还是女孩正在
同尚未变成种子的化学分子嬉戏，
　　　　　　　　（啊，未来！）
我想到了他们
想到了他们急于知道
我是如何想到他们的
那一刻；

那些将无法想象
也难以透过
几十年来
总是关闭的

肮脏的窗户眺望的人，

（啊，未来！）

那些残酷却依然诚实

从未去过奴隶市场

和思想拍卖行的人，

（啊，未来！）

我梦见他们

正在纳闷

我怎么既没丢掉

性命，也没失去神志；

那些此刻还只是

一个模糊的幻影

一个乐观的假设的人

（啊，未来！）

会用陌生的语言

向我发问：

我是如何设法

抵达他们

如果我将抵达的话。

（啊，未来！）

而我会觉得

很难用一句“通过荒诞”

来回答他们，

因为荒诞是一个

不可翻译的概念，

从一个时代到另一个时代。

肚　脐

一块石头就是一个神，
它在动，如此缓慢，
我那急速死去的眼睛
实在无法
察觉，
正如你不能要求
一个浪，
一朵云
去理解什么叫大海。
当一切坍塌
并在昨天和明天
有毒的混合物中溶解时，
一块石头就是这世界的核，
依然活着，
缩成一团残存的意义，
肚脐和芽，从中
整个被杀戮的宇宙

会再一次出生，

当均匀分布在

石头里的神

聚集在街垒中的时候。

民谣*

我没有其他安娜，

我只能将自己砌进墙壁，

可谁人能告诉我已可停息，

当墙壁不再自动坍塌，

一名梦游者在恶梦中

东奔西撞，用推土机顶住墙壁时。

我砌着墙壁

仿佛砌着一道波浪，

第二天，

* 此诗以罗马尼亚民谣《马诺莱工匠》为创作灵感。《马诺莱工匠》讲述了一个凄婉而动人的故事。工匠马诺莱奉命为君主建造一座辉煌无比的修道院。可是白天砌好的墙壁，到了夜间就会轰然坍塌，如此不断反复。看着自己的劳动成果付诸东流，马诺莱和工匠们痛苦不堪，却又束手无策。一天晚上，马诺莱在梦中得到一个神启：唯有将一个生物砌进墙壁，方能确保墙壁不倒。马诺莱立即唤醒工匠们，将这一神启告诉了他们。他们对墙发誓，要将第二天早晨遇见的第一个生物砌进墙壁。殊不知，第二天早晨，第一个出现在他们面前的竟是前来送饭的马诺莱的妻子安娜。为了信守诺言，也为了修道院的建成，马诺莱忍受着巨大的悲痛，将自己的爱妻活活埋进了墙壁。不久之后，一座世上最为辉煌的修道院终于建成。《马诺莱工匠》蕴含着一个深刻的主题：崇高的牺牲精神。理想的实现在任何时候都是需要付出代价的。民谣中马诺莱的妻子正好与女诗人同名。

第三天，

第四天，日日不息

一座永远的液体修道院

注定要在岸边崩溃；

而我依然砌着墙壁，

哦，石灰

和砖石，

洁白无瑕，

哦，一座建筑

犹如可怕的梦中的

钢筋结构：

我没有其他安娜

我时时刻刻

都在丧失

自己。

只有一个盘子的天平

1997

我相信

我相信我们是一个植物民族。
不然，我们怎会以如此的平静
等待着树叶凋落?
我们怎会有如此的勇气
登上睡眠的滑梯
走近死亡
并保证
还会再一次
出生?
我相信我们是一个植物民族——
谁曾见过
一棵树反叛呢?

童子军

一大群人
尚未出生
但已被判出生。
一大群人列成纵队
在出生前
胎儿挨着胎儿。
一大群人
不看，不听，不懂，
只是向前挪动，
通过女人抽搐的身子，
通过毫不知情的
母亲的血液。

歌居住在我的身上

这首歌不是我的，
它只是偶尔从我身上经过，
不可思议，难以驾驭，
我的名字轻轻将它覆盖，
恰似古代的神灵
在人间走动时，
身穿云的衣衫。

我不知它何时来，
也不知它何时走，
不在我身上时，
它又在时间的哪个地方。
我的命运便是等待
那奇特瞬间的雅兴。

让一首歌居住，
被一首歌遗弃，

甚至为一首
陌生而亲爱的歌守寡。
我接受你们的月桂树叶，
就凭这样的恭顺：
对它保持忠诚
直到永永远远。

教我幽暗地燃烧

让我点燃你的黑暗吧，
在凶猛的光中，
教我幽暗地燃烧，
把我的火焰
塑造成翅膀的形状，
让它更加纯洁，
褪去所有的色彩。
或者，
这样更好，
给我一颗黑暗的种子，
把它埋进地里，
让季节更快地转动，
让种子迅速地生长，
让我一遍遍地播种。
在凶猛的光中，
那时会有森林和庄稼地，
灌木丛、果园、牧场和夜树林。

走进温柔的漆黑，

只要愿意，我们随时都可以死去。

一片黑暗围绕，

我们不再美丽，不再善良，

只是孤孤单单，

而且，也无须观望，

因为闭上眼睛，我们就能看见。

别了！

仿佛失去了叶子
我的手臂在风中摇晃
试图说些什么
用一种
我也不太懂的语言：
它们在摇晃，犹犹豫豫
摸索着含义和空气
唯恐岸边的树木
理解错误。

＊后来的太阳＊

2001

北　方

太阳之力
拒绝昼与夜的平衡，
不安的光
犹如纯粹的善构成威胁，
这证明人类
不仅将罪犯
也将圣者，
判处了死刑。

自我满足

我从来没有自我满足，
我总是像一枚带着枝丛的水果悬于风中，
像一支箭悬于绷紧的弓，
像一个词语悬于自己的词源。

我来到世间之前曾是的一切，
我久远梦想的意义，变成遗忘的希望
跳跃着穿过我，
将我化为一道延误的

秘密的见证和环节，
为了能以不同的样子生存，
将利息支付给同样的罪孽，

以后我会将那罪孽作为遗产留给你，
为了让你理解它，丰富它，
只留给你，未出生的读者，如同儿子一般……

诗人船

诗人们认为这是一条船，
并纷纷登上船去。

请让我也登上诗人船
航行于时间的浪涛上，

不必摇动桅杆，
也无需移动船身
（因为时间正在
它周围越来越迅速地移动）。

诗人们等待着，拒绝睡眠，
拒绝死亡，
为了不错过那个
船岸分离的瞬间——

这条石船执着地

期待着某件

永不会发生之事，

这不是不朽，又是什么呢？

拜　访

老人们满怀柔情地来到墓地，
仿佛在礼节性拜访
另一个世界，
可一想到过后还得
回家，无法
永久性留在此地时，
他们便疲惫不堪。

哀　歌

独自艰难，

同他人一起，苦涩，

更新的色彩

在叶子上皲裂，

而从变质的石灰层下

传来阵阵狞笑，在战争爆发之前。

更恶嘴啃着沙子，

更善酝酿着酸楚的诗句，

独自一人很难，

但同众人一起更难，

难以沉默，

更难以喊出

一个粉身碎骨的真理。

最要命的是，我害怕并难以

将上帝拽回

天空。

意义的退潮

2004

老天使们

老天使们恶臭难闻，
湿乎乎的羽翼间，
稀拉拉的毛发中，
结着一块块牛皮癣的皮肤上
都散发出腐朽的味道，
他们的皮肤酷似
陌生土地那一幅幅
带着深深划痕的地图。
他们已过于衰老，传不出喜讯，
他们已过于虚弱，举不动火剑，
他们打着盹儿任由自己被埋葬，
仿佛一粒粒种子撒进土里，
翅膀关节处，风湿病疼痛难忍，
越来越陷入泥土，
越来越老，越来越像人类……

一匹年轻的马

我始终不清楚自己身处什么世界。
我骑上一匹年轻的马，它同我一样欢快。
奔驰中，我感觉到它的腿肚间
那颗热烈跳动的心。
我的心也在奔驰中热烈跳动，不知疲倦，
丝毫也没有注意到，不知不觉中
我的马鞍只支撑在
马的骨骼上，
急速中，那匹马早已解体，挥发，
而我继续骑着
一匹空气之马，
在一个并不属于我的世纪里。

抉　择

没有翅膀的
争先恐后，从衣帽间夺取翅膀，
拥有翅膀的
小心翼翼，为翅膀拉上拉链。
如此情形下
当地球
敞开，
为了做出
一个太迟而无用的
抉择时，
你很难知道
究竟谁能够
在恰当的时刻飞翔。

保护区

马和诗人，
被技术战胜的
世界之美，
时间留住的生物
囚禁于自身的
光环中

马和诗人，
越来越稀有，
越来越没有价值，
越来越难以出售。
黑，灰，白，
越来越白，
白得透明，无影无踪
在一个没有它们
同样会无影无踪的
未来里。

依　赖

依赖太阳，依赖影子，依赖云，
依赖叶子和花朵，
依赖不时变卦的风
　　　　总是从不同的方向吹拂
　　　　在凶兆预报者挣扎的林子里，
依赖群群灰鹤飞临和离去；

依赖所有女人和男人，
依赖无数生者，依赖众多死者，
依赖我自己智慧的时光，愚蠢的时光，
　　　　尤其是过去的时光。
哦，上帝，放开我吧，放开我吧，
让我摆脱时间和地点，祖先和子孙，
摆脱所有男人和女人，
摆脱我自己，如果你能的话！

如此，我便可以欢笑，苦涩的叶不会摇动，

我便可以哭泣，大海不会掀起浪涛，
我便可以出发，不用拖拽着世界
就像拖拽着一块桌布
　　　　上面杯盘狼藉
支离破碎，掺杂着酒和食物。

让我最终自由，孤独，
仅仅面对我那有罪的纸页。

*

A4 我的祖国

*

2010

沙　漏

我望着沙漏，
里面，沙
悬在半空，
拒绝再流淌。
宛若在梦中：
一切都已静止。
我望着镜子：
一切皆未改变。
死亡之路上
中途停止之梦
同死亡相似。

关闭的教堂

关闭的教堂
犹如主人已经出走的房子，
没有说多长时间，
也没有留下地址。
在它们周围，城市
环视着有轨电车和自行车，
电喇叭，广告牌，
行色匆匆的居民
在出售，购买，出售，购买，
边走边吃着东西，
时不时地，由于疲惫
而停下脚步，在人行道上的
小桌旁喝一杯咖啡，
那幢二十一世纪的大教堂
近在咫尺，可他们对它视而不见，
因为他们正在打电话，

压根儿就没有发问
究竟是谁曾经居住在
那么大的房子里。

就像在一面镜子里

白昼将尽时，
太阳，愈加鲜红地降落，
而月亮依然鲜红地升起，
它们几乎一模一样。

被灼热烤得干裂的草木
和又密又硬的庄稼茬儿，
好似几天没刮的胡子，
难以区分
那些黑色的线头，当
它们面对面
出现在屏幕上时。

温柔的混淆，
犹如那特别的一刻：当你离去
又再一次回头时，
你看见自己，就像在一面镜子里
诞生。

动物星球

罪孽少些，但并非没有罪孽，
在这个宇宙中
自然法则本身决定
谁必须杀死谁，
杀戮最多者是国王；
狮子沉着、残忍地撕咬小鹿
人们拍摄这一镜头，兴致勃勃，
而我，闭上眼睛，关上电视，
感觉自己参与犯罪少了点，
虽然我明白在生命的油灯里
总得不断添加血液，
他人的血液。

罪孽少些，但并非没有罪孽，
我和猎手们坐在一起，
虽然我喜欢抚摸兔子长长的
丝一般的耳朵，那些兔子

被扔在绣花桌布上，就像被弃于灵柩台上。
我是有罪的，即便我没有扣动扳机，
即便在死亡噪音和凶手无耻的汗味中
我惊恐万分，捂上了耳朵。

罪孽少些，但并非没有罪孽，
不管怎样，罪孽肯定比你少些，
无情的尽善尽美的作者，
是你决定了一切，
然后又教我转过另一侧面颊。

滑轮上

他们乘着滑轮行驶
轰鸣的耳机贴在耳边，
两眼盯着监视器，
没有发现叶子正在飘落，
鸟儿正在飞走，
他们乘着滑轮行驶，
这时，生命的季节，
岁月，世纪
正从他们头顶上滑过，
而他们并不明白这是怎么回事。
他们乘着滑轮行驶，
在他们认为存在的
现实的影子中间，
在他们觉得像人的
角色中间，
是其他机器
根据自己的特征和相貌

造出的机器，

而此时，上帝

降临，来到他们中间

并学习滑轮运动，

为了拯救他们。

驱　邪

当我赤足走过草丛时，
电流过我全身，
随后又流进土地，
就像钻入土地的
魔鬼不得不
松手放开那具
着了魔的身体，
在驱邪者的命令下。

青草将我从不安中拯救，
那不安就是我自己，
我臣服于青草
只让我裸露的脚跟留着露水，
通过露水，你登上我的内心
替代我。

蜂　窝

无人生出你，
你是自我出生的，
从瞬间到
瞬间，
并不企图
抵达彼处，当你正在此地
或者回到此地，当你走向彼处。
你是被拯救的危险物质，
从呼吸到呼吸，
否则，我将不会存在。
其实，我们也只是
残留物，被掏空的形状，
也只是蜂窝，永恒之蜜
已从中流尽。

悄悄地

我悄悄地前行
一直走到界限近旁，
我想用裸露的脚尖
　　　　　触碰界限，
就像夏天我触碰陆地
　　　　　和大海间的边际。
但界限退缩
仿佛出于自卫而躲避我，
我继续前行
在被死神打湿的沙滩上
想到自己竟能推开边界，
或者稍稍越过边界，不知不觉，
心里顿时溢满了
　　　　　骄傲和活力。

我之外

我的痛苦并不存在于我之外，
它被关在我的身体的界限之间，
我的身体磁铁般运转，将它从世界聚拢。
可以说，我私有化了痛苦，
而此刻，明媚的空白萦绕于我周围
犹如一道密封的光环，隔离开肿瘤，
至于那肿瘤，我只知道就是我自己。

然而，至于我，连我自己都不甚了解。

耳　膜

那道边
是一片薄皮，
固定在两个世界之间，
好似耳膜
能够与最柔弱的挣扎，
最黯然的挥动
发生共振，
能够徒劳地
从一部分到另一部分
传播
虚无，
那难以变成字母的虚无。

惊　奇

抵达的折磨，

出发的困惑，

那些惊奇覆盖一切的

漫长时刻。

惊奇，好似一只滑落大海的球

由波浪运载着，

在即将到岸的刹那

又飘回到了海里，

还没来得及给予它

起码的意义空隙。

游　戏

多年以来，我都认为
人类最大的不幸
就是地球上人口太多。
然而，我却喜欢同孩子游戏，
怀着含糊的
近乎荒诞的乐趣，
那些照料幼狮或虎崽的人
就得怀有这样的乐趣，
仿佛他们在照料几只小猫，
全然忘了游戏必须停止的
那一刻总会来临，
可他们总在延迟着那一刻
犹如在俄罗斯轮盘赌中。

我同终将会长大成人的孩子游戏，
试图延迟他们将快乐地
撕咬我的那一刻，

长大成人，

越来越多的成人，

太多的成人，

而我却孤独地留在童年。

持续的失去

失去并不难，
兴许这本身反过来还是种乐趣，
尴尬于它所隐藏的
难以解释的欢喜，
某种发觉：你可以活着，
没有任何可以失去的事物。

即便事关一个生命，
痛苦包含着微小的
自由的碎屑，
微小得可以成为一粒种子
从中，泪水之外，
你还可以期待着有什么上升。

失去并不难，
事实上，上升无非就是
持续的失去，

坠落的事物和生命的压舱物

有助于你攀升，

将你推向洪荒，

那里孤独

成为原料，用于建造

梦寐已久

却无人居住的宫殿。

✶ 没有时间的钟表 ✶

2016

白上白

我用白写在白上，
虽然我知道谁也
无法阅读，
包括我，
在忘了写的什么之后。
善总是
难以理喻——
在天堂，你更容易
接受罪孽
而非人类心甘情愿的牺牲。

我坚持不懈地
用白写在白上，
虽然人们建议我
至少使用
荧光字母，
在我描画橄榄枝

或者令人厌倦的

好事的时候。

然而，

此时，此地，

我只有一种颜色，

一种包含

全部颜色的颜色，

而我还在徒劳地

用白写在白上。

写作间隙

巨大的写作间隙，
犹如古怪的寂静
时不时被
哭泣的野兽发出的
阵阵哀号打破，
一些含糊不清的声响，
我那只人类耳朵
怎么都难以
辨别出意义，
不明白它是否已经失聪
或者那位一贯的口授者
忽然拒绝再说话，
感觉荒野中的嚎叫
是唯一的表达方式，
我不知如何
听写的
表达方式。

从镜子中

不要替换我，
不要在我的位置上安排
另一个人，
另一个你认为还是我的人，
另一个你徒劳地
让她穿戴我的词语的人。
如果你不怜悯我的话，
怜悯怜悯它们吧；
不要强迫我
在一个陌生人面前消失，
一个厚颜无耻
冒用我的名字的陌生人，
一个仿佛
从不认识我
却在模仿我的陌生人。
不要试图断言
我还是我，只是有所改变，

不要羞辱我，

将我从镜子中抹掉，

只让我留在照片里。

涨　潮

大海又一次与夜一同生长，
吞咽白昼被视作土地的泥沼，
不时地从它们中间掏出船身
和薄薄的桅影，
桅影摇荡，远至
松软的
原野，那里，
黎明时分，
当浪潮再一次消退时，
将会一条一条地
播种那些被判死刑的鱼。

多么美妙的时刻

多么美妙的时刻：
蓝天关闭
落入无声的
闪电之网，
因为雷声不愿
移居
梦里！

多么美妙的时刻，
仿佛一片绿洲
在云的眼睑下
居住于暴风雨
未来的眼睛里，
而一只只毛脚燕正在云上写诗！

既不会有睡眠，

也不会有苏醒，

多么美妙的时刻

在永恒……

在伤口里

我们生活在伤口里
并不知晓
那具受伤的身体属于谁
也不明白那具身体
为何受伤。
唯一确定的是
包围着我们的痛苦，
我们的存在试图去治愈
却反而被感染上的
痛苦。

不同的语言

他的孤独生出了我们，
他的孤独造就了世界，
为了将我们带到世上
带到他身边
好有人同他说说话。
我们知道我们被他造出
我们知道我们存在
都是为了回应他，
可我们并不知道
即便他，无所不知者
也没料到
我们竟说着不同的语言。

时　间

过去之前
是过去的过去，
过去的过去之前，
是另一个过去，
一个没有起始
却被用心活过的
过去。

未来之后
是未来的未来，
未来的未来之后，
是另一个未来，
一个出于恐惧
谁也不敢想象的未来，
一个仿佛谁也不相信
将会来临的未来。

唯有你身处的

此时此刻

在瞬间的侵蚀中，

同时紧急存在着

现在的现在，

在现在的现在的中央

隐藏着另一个现在的深渊，

今天的今天 。

网

一切神秘至极。

天才的蜘蛛

为整个世界

编织好一张网，

随后开始窥视，

留意网的命运

和网的牺牲者——

没想到，它自己成了

一张更大的网的牺牲者，

陷落宇宙

那无止境的网里，

他悬挂在那里，

不知是谁编织了那张网。

没有沙的沙漏

一只没有沙的沙漏，
一种没有实质的形式，
佯装正在测量
某件并不存在之物，
时不时地
胡乱捣鼓一下
为了让虚无
从一头流向
另一头。

如此等等

我只梦见我自己。
虽然有不少人
惊恐万状，
但我知道，唯有我
随时准备着梦见自己。

即便我醒来
我知道，那也只是一个
有关醒来的梦
而我迫切地等待着梦见自己再度入睡
以便能够梦见自己正在做梦。

多么奇妙的自我游戏！
多么无穷无尽的游戏！
因为就连穷尽
也将由我梦见，
如此等等……

相　似

起初

相似这一念头

在我看来恰似侮辱，

随后

慢慢慢慢地

我感到了厌倦，

而自负消融，犹如

期待着蜡封的

蜡烛

现在

我愿意同某人相似

或者某人同我相似

但朝前

还是往后

数字 ***1***

都是黑夜。

默　片

我听见
陌生的大海
拍动着翅膀。
我感觉到它们
随着冲击我耳膜的声音上升
在我和世界中间，拉扯起
他人看不见的
波浪的帷幔。

它们的鼓噪将我
和发生的一切隔离：
缺乏意义的动荡，
无声开闭的嘴巴，
争吵，眼泪，鬼脸，
沮丧和滑稽，
就像在一部默片里
你禁不住想笑
无缘无故。

我害怕

我害怕出生，
更有甚者：我还极尽所能地
阻挡不幸发生。
我知道我必须尖叫
为了证明我活着，
可我却顽固地坚持沉默。
那一刻，医生拎来
两只装满水的木桶，
一桶滚烫，一桶冰冷，
一次又一次地
将我轮番浸入两桶水中，
就像以存在
和非存在的名义
交替进行的一场洗礼，
旨在让我相信，
而我却在狂怒中高喊“不”，
完全忘了高喊便意味着生命。

大时钟

大时钟将钟点掏出，
就像人们掏出
动物的眼睛以防
它们看见那样。
此刻，12 个数字
被宇宙的 12 个黑洞取代，
通过它们
你可以窥见机械结构
硕大的地狱，
工具
继续转动着
指针，
指针盲目地触摸钟面，
从一个洞到另一个洞，
但并不知道要指示什么。

并不知道它们指示的
时间叫从不。

图书在版编目（CIP）数据

风吹来星星 ：安娜·布兰迪亚娜诗选 / （罗）安娜·布兰迪亚娜（Ana Blandiana）著 ；高兴译. -- 长沙 ：湖南文艺出版社，2020.9
（诗苑译林）
ISBN 978-7-5404-9707-1

Ⅰ. ①风… Ⅱ. ①安… ②高… Ⅲ. ①诗集－罗马尼亚－现代 Ⅳ. ①I542.25

中国版本图书馆CIP数据核字(2020)第123225号

版权登记号：18-2019-328

风吹来星星：安娜·布兰迪亚娜诗选

FENCHUAILAI XINGXING：ANNABULANDIYANA SHIXUAN

作　　者：〔罗〕安娜·布兰迪亚娜
译　　者：高　兴
出 版 人：曾赛丰
责任编辑：耿会芬
整体设计：天行健设计
内文排版：钟灿霞　钟小科

出版发行：湖南文艺出版社
（长沙市雨花区东二环一段508号 邮编：410014）
网　　址：http://www.hnwy.net
印　　刷：湖南省众鑫印务有限公司
经　　销：新华书店
开　　本：880mm×1230mm 1/32
印　　张：9.25
字　　数：154千字
版　　次：2020年9月第1版
印　　次：2020年9月第1次印刷
书　　号：ISBN 978-7-5404-9707-1
定　　价：52.80元